AF458996

CHANSONS
CONTRE
LA CRITIQUE
DU CATÉCHISME
DE M. L'ARCHEV. DE LYON;

Avec des Notes.

A BOUILLON,
Chez MARTIN ROUGEANE, à l'Enseigne du Courrier.

M. DCC. LXXIII.

CHANSONS CONTRE LA CRITIQUE DU CATÉCHISME DE M. L'ARCHEV. DE LYON,

En forme de Dialogue,

Avec des Notes.

PREMIERE CHANSON. (*a*)

Sur l'Air : *Notre Archevêq. est à Conflans.*

VIve l'Anonyme fécond,
Qui fait gémir la Presse,
Qui fait gémir,
Qui fait gémir,
Qui fait gémir la Presse.

(*a*) Quoi ? le Catéchisme & l'Instruction Pastoralle de M. l'Arch. avoient-ils besoin de deux

Chanſons, & de deux Chanſons de cette eſpèce : Elles ont été envoyées de Ville-Franche, en Baujolois par la voie de la Poſte, & adreſſées à pluſieurs perſonnes en place. Mais ce n'eſt-là qu'un détour, qui n'empêche pas qu'on ne les attribue au P. *** ou au P. *** tous deux de la même Congrégation.

Ça été là de tout tems la maniere de gens de Secte : ils fondent leurs eſpérances ſur la ſimplicité & l'ignorance du peuple, & pour lui faire goûter des erreurs dont il ne voit point d'abord le danger, il les lui préſentent dans des Chanſons dont l'air fait aimer les paroles. La Capitale du Royaume fut inondée de ces ſortes de Chanſons, au commencement des derniers troubles, qui agitent encore l'Egliſe de France ; & les partiſans cachés ou déclarés de Janſenius ont la gloire d'avoir imité en cela Luther, qui en ſema dans toute l'Allemagne, & qui leur dut en partie les progrès immenſes de la réforme.

J'ai demandé en commençant, ſi le Catéchiſme & l'Inſtruction Paſtorale de M. l'Arch. avoient beſoin de ces deux Chanſons. On voit bien pourquoi j'ai fait cette queſtion. Car le Prélat a de bonnes raiſons pour ne pas vouloir paſſer pour Janſéniſte : or ces deux Chanſons ſont très-propres à le faire paſſer pour tel. Je ſais bien qu'en ſa place, je n'aimerois pas une pareille défenſe de ma doctrine, & que je remercierois très-humblement un homme, qui, pour plaider ma cauſe, ſe déclareroit avec tant d'indétence contre les Décisions de l'Eglise.

On peut dire que ces Chansons ne sont *qu'une chétive production, un tissu d'inepties, où l'on ose substituer au langage sérieux de la Religion celui de la dérision & de la satyre : que ce n'est point là l'ouvrage d'un Prêtre selon le cœur de Dieu, ni d'un honnête homme selon le monde : que l'Auteur est un ignorant, un présomptueux, un insensé, un insolent, un forcené, un fanatique ulcéré, un ennemi de l'ordre, un corrupteur de la morale Evangélique, un homme possédé de l'esprit d'impiété & de vertige. &c.*

Nous n'aurions jamais osé nous servir de qualifications aussi dures : mais notre crainte s'est évanouie, en les voyant consacrées dans l'Instruction Pastorale, *que le Bossuet de nos jours* vient de donner, principalement pour conserver les droits de la charité. On méconnoit, il est vrai, à ces expressions la politesse & les mœurs douces de ce Prélat : mais on y reconnoit parfaitement les écrivains du parti, dont la plume fut toujours trempée dans le fiel, & qui sont dans l'usage de blesser la charité au moment même où ils se donnent comme ses plus zèlés défenseurs, *in omnibus charitas.*

Quelque avantage que l'auteur du Dialogue puisse tirer de ces deux Chansons ; (car elles sont triomphantes pour lui, puisque le Chansonnier en même-tems qu'il se déclare son adversaire, se déclare aussi l'ennemi de l'Eglise) nous ne nous serions jamais déterminés à les faire imprimer. Il feroit bon de laiffer ignorer au peuple ces difputes Théologiques, qui ne peuvent qu'affoiblir fa foi ; mais puifqu'elles font devenues publiques par le nombre des Manufcrits qu'on a adreffés aux Perfonnes en place, & que depuis quelque tems les écoliers les chantent, on a penfé que le Remede le plus efficace pour arrêter le mal dans fa fource étoit de les faire imprimer avec des Notes. C'eft affés fur le titre feul de la premiere Chanfon, voyons maintenant les Couplet.

I.

Vive l'Anonyme fécond
Qui fait gémir la Preffe,
Qui fait gémir, &c. (*b*)

(*b*) *Qui fait gémir.* C'eft déjà une heureufe annonce pour l'Anonyme, de ce qu'il fait gémir les réfractaires, & dans le fond il ne fait gémir que ceux-là. Ces Meffieurs fe regardent comme les feuls dépofitaires de la fcience & de la vérité. Tout ce qui vient de leur part eft admirable. Leurs Livres font remplis de l'onction du St. Efprit. Ils fe louent les uns les autres fans même garder la vraifemblance. » Paroît-il un » Libelle chargé des plus ennuyeufes répéti» tions, des déclamations les plus vagues, & » des fophifmes les plus groffiers, tout le parti » fe récrie, admire & triomphe. Les injures » les plus attroces, & les traits les plus enve;

» nimés paroiſſent un langage Apoſtolique. Les » auteurs de ces Libelles, qui ſont réfugiés en » Hollande pour y écrire impunément contre » l'Egliſe, ſont révérés comme des confeſſeurs » exilés pour la pure foi. Les politiques qui » n'oſent les imiter ouvertement, leur applau- » diſſent en ſecret. Offrez leur de les détromper » par des preuves courtes & démonſtratives, » vous ne trouverés en eux qu'une hauteur mo- » queuſe, & qu'un entêtement incurable « Inſtruction Paſtoralle ſur le Janſeniſme pag. 7.) c'eſt la remarque de Fénélon, qui, lui-même, ne paſſe dans leur eſprit que pour un Théologien mince & un dévot rafiné. Ils y a longtems qu'ils l'ont dit.

» Et nul n'aura d'eſprit que nous & nos amis.» Par exemple, le Curé de Saint Galmier qui vient de ſe faire connoître dans tout le Royaume par ſa dévotion au Diacre Paris, eſt à les entendre, un ſujet rare, un Apôtre digne des premiers tems, un Docteur qui poſſéde la ſcience des Ecritures; tandis qu'on aſſure que ce n'eſt qu'une vraie *happelourde.*

2.

Fut-il jamais pour le Prélat
Un pareil foudre à craindre,
Un pareil fou, &c. (*c*)

(*c*) *Un pareil fou.* Si l'Anonyme eſt un fou dans la Chanſon, ce ne peut-être qu'à cauſe de ce qu'il a dit dans la critique du Catéchiſme ; car le Poëte ne le connoît pas d'ailleurs. Or il n'y dit ordinairement que ce que ſouhaitent les Evêques, les Univerſités, & les Docteurs de quelque nom, & ce que M. l'Archevêque lui-même a ſoutenu autrefois Qui n'aimera mieux être fou, comme tant d'honnêtes gens, que de raiſonner comme le faiſeur de Chanſons ?

3.

L'un le dit Théologien,
L'autre dit Philoſophe, (*d*)
L'autre dit fi, &c.

(*d*) *L'un le dit Théologien, l'autre dit Philoſophe.* L'auteur de la Chanſon n'excitera point un pareil débat, il paroît évidemment à tous les gens ſenſés qu'il n'eſt ni Théologien, ni Philoſophe : mais il n'y a qu'une voix ſur une autre dénomination qui lui convient.

4.

Quand il cite les Saints Docteurs,
Toujours il m'embaraſſe,
Toujours il ment, &c. (*e*)

(*e*) *Toujours il ment.* Si les équivoques, les échapatoires menagés, les tours artificieux, les réticences affectées, les témoignages annoncés pour prouver une choſe & qui en prouvent un autre qu'on ne conteſte pas, doivent être mis au rang des mensonges suivant le *Calepin de Port Royal*, un lecteur attentif décidera qui ment le plus ou de l'Auteur du Dialogue, ou de l'Auteur de l'Instruction.

5.

Il se fonde sur St. Thomas
Qu'il n'a pas lu trop vîte, (*f*)
Qu'il n'a pas lu, &c.

(*f*) *Qu'il n'a pa lu trop vîte.* Si l'Anonyme n'a pas lu trop vîte St. Thomas, c'est une éloge. Mais je ne sais si on ne pourroit pas dire avec vérité que M. l'Arch. a lu Bossuet trop vîte.

Il cite & traduit même un grand passage où l'Evêque de Meaux soutient que le Pape Alexandre VII en défendant de censurer l'opinion des attritionaires, n'a pas prétendu ôter aux Evêques le droit de la combattre, & il n'a pas remarqué qu'au même lieu Bossuet déclare que conformément au décret d'Alexandre, il faut en la combattant, s'abstenir de toute qualification Théologique. Ou du moins il ne s'en est pas souvenu à la fin du Mandement, puisqu'il a pris dans l'enseignement de cette opinion par l'Anonyme, ou pour parler plus exactement, dans le témoignage que l'Anonyme rendoit à l'Ortodoxie de cette opinion, un des motifs qui lui ont fait Juridiquement & Théologiquement condamner son Ouvrage.

M. L'Arch. a lu sans doute les Sermons de

Bossuet nouvellement imprimés ; puisqu'il en allegue un passage pour montrer qu'il n'a point encore été décidé par l'Eglise que la Conception de la Vierge est immaculée ; vérité de fait que personne ne conteste, que l'Anonyme lui-même, si on veut bien l'entendre, n'a point contestée, puisqu'en disant que l'Eglise a décidé la question, on voit bien par la suite de son texte qu'au fonds il n'a rien voulu dire de plus, sinon que l'Eglise & le St. Siége inclinoit évidemment vers le sentiment qui établit la Conception immaculée, & qu'ainsi on ne doit point en raisonner comme d'une opinion purement problematique. Quoiqu'il en soit, M. l'Arch. a lu les Sermons qu'il cite, & il ne s'est pourtant point apperçu que Bossuet parlant de la Conception immaculée, déclare qu'*apres les vérités de foi, il ne voit guéres de vérités plus certaines ;* car sans doute s'il s'en étoit apperçu, lui qui écoute avec raison Bossuet comme un Oracle, il n'auroit point craint de laisser subsister l'article de l'ancien Catéchisme, qui énonçoit ce sentiment d'une maniere assertive. Il est vrai que Bossuet dans son Catéchisme s'est contenté de dire que c'est le sentiment commun des Théologiens. Apparemment il s'étoit proposé de n'insérer dans ce livre élémentaire de notre foi, que des vérités qui appartiennent expressément à la foi Catholique : mais M. l'Arch. n'avoit point pris cette maxime pour régle de sa conduite, il a cru que c'étoit assez qu'une vérité lui parut certaine, pour qu'elle eut droit d'entrer dans ſon Catéchiſme, puiſqu'il y a fait entrer tant de ſentiments controverſés dans les écoles, & qu'il y enſeigne, par exemple, *qu'il n'eſt jamais permis de donner la mort, ſi ce n'eſt en combattant à la guerre & en exécutant les ordres de la Juſtice*, & que par conſéquent il n'eſt jamais permis de tuer dans un troiſiéme cas, pour la défenſe de ſa propre vie, un injuſte aggreſſeur.

6.

On remarque dans ſes Ecrits,
Beaucoup de badinage,
Beaucoup de bâts, &c. (g)

(g) *Beaucoup de bâts.* Cela eſt dit très-ingénieuſement : mais l'habileté & l'ânerie ſont dans le monde une affaire de comparaiſon, & il eſt ſûr que l'Anonyme comparé à certaines perſonnes eſt un franc âne. Jamais, par exemple, il n'auroit ſçu rapporter à Dieu par le motif de la charité, la jonction de deux groſſes Abbayes à un Archevêché de quatre-vingt mille livres de revenu, un attelage de dix-huit Chevaux, des galleries, des ſallons, des jardins ſuperbes, &c. &c. &c.

7.

Nos Magiſtrats les ont jugés

Dignes du feu la Taste (*h*)
Dignes du feu, &c. (*i*)

(*h*) *Feu la Taste*. Que lui a fait ce docte Bénédictin, élévé par son mérite à l'Episcopat? apparemment l'Auteur ne peut lui pardonner d'avoir prouvé que les Diables se divertissoient sur le Tombeau du St. Diacre & opéroient dans des fanatiques ces contorsions & ces grimaces, qui ont fait regarder aux gens sensés le Tombeau du Diacre Paris, comme le Tombeau du Jansénisme.

Cependant la poudre de ce Tombeau fameux a encore de la vertu, & assurément plus que n'auroit souhaité M. l'Arch. Elle vient de renouveller à St. Galmier, Ville de son Diocèse, une de ces scenes, qui firent autrefois tant de bruit dans le Royaume. Nous n'en citerons qu'un trait qui n'est pourtant pas le plus absurde de tous.

Le Curé du lieu s'étoit avisé détablir chez lui la Pénitence publique; une dévote qui portoit une Image du B. Diacre, sur laquelle elle avoit toujours les yeux fixés, observa si rigoureusement la loi de la Pénitence, qu'elle en devint Prophetesse. Le jour de St. Etienne ou de St. Jean l'Evangéliste 1772, le don de prophétie fut si abondant, que n'y pouvant plus tenir, elle demanda au Curé la permission de prophétiser dans l'Eglise même, ce qui lui fut accordé sur le champ. Arrivée à l'Eglise où le

Curé & le Vicaire se firent un honneur de l'accompagner : Mes Freres, dit-elle, au Peuple assemblé, écoutez M. le Curé & M. le Vicaire, ils vous expliqueront mes prophéties. Ces deux interprétes s'acquitterent si bien de la commission, qu'il y employerent toute la matinée ; cela tint lieu de la Messe de Paroisse, & le Curé finit par entonner le *Te Deum*, pour remercier le Seigneur d'avoir suscité dans sa Paroisse une Prophetesse qui lui donnoit lieu d'y établir la saine Doctrine.

Le Juge du lieu, dans sa Relation envoyée à M. le Procureur Général, marque que le Curé dans l'explication des Prophéties, avança ces trois Propositions. 1°. *Que les enfans peuvent pécher & perdre la grace du Batême avant l'usage de raison.* 2°. *Que nous ne sommes dans les mains de Dieu que comme de pures automates.* 3°. *Que la priere des pécheurs est une insigne insulte faite à la Divinité.*

M. l'Arch. a fait dire au Curé & au Vicaire de se retirer dans une maison de Retraite, jusqu'à nouvelle ordre. Il ne pouvoit qu'improuver fortement une action si contraire au bon ordre ; & d'ailleurs le Juge de St. Galmier en avoit informé M. le Procureur Général de Lyon, & celui-ci M. le Chancelier. Mais cette scène & l'acte de rigueur qu'elle rendoit indispensable, ont dû affliger son cœur, car il protégeoit singuliérement ces deux Ecclésiastiques. Il faut bien que le faiseur de Chansons soit aussi de leurs amis & un des dévots au St. Diacre. Sans cela il n'auroit point troublé les cendres de Dom la Taſte.

(*i*) *Nos Magiſtrats les ont Jugés dignes du feu.* Il eſt vrai que les Magiſtrats de Lyon ont condamné au feu la critique du Catéchiſme de M. l'Archev. répandue dans cette Ville avec inſolence, & accompagné de quelques Lettres ſi incorrectement écrittes, que cela même leur a fourni un des motifs de la condamnation. C'eſt un trait ſans doute qui honore ces grands Magiſtrats, & qui montre qu'ils ſavent ſacrifier à ce qu'exige la décence, tous leurs reſſentimens particuliers; car on ſait avec quels mépris M. l'Arch. les a traités, avec quelle vivacité il a parlé contre l'établiſſement des Conſeils Supérieurs, juſques là qu'il lui échapa dans une converſation, de dire : que ſi l'ancien Parlement ne revenoit point, il quitteroit ſon Archevêché. L'ancien Parlement n'eſt point revenu, M. l'Arch. n'a point quitté, & cela n'a ſurpris perſonne. Auſſi cette menace dans le tems n'allarma pas même ſes partiſans. On connoit ſa tendreſſe pour ſes ouailles, tendreſſe qui eſt toute gratuite.

Si ces dignes Magiſtrats penſoient à donner une nouvelle preuve de leur généroſité, en ſéviſſant contre ce petit Ecrit, nous leur repréſenterions très-reſpectueuſement, que ſi l'on s'y permet quelques refléxions ſur la conduite de M. l'Archev. c'eſt par reſpect pour la mémoire de ses prédécesseurs, c'est pour lui ouvrir les yeux sur l'abus que fait de son nom & de son autorité, une Secte qui frémit sans cesse contre les nouveaux Tribunaux, & regrette amérement l'ancien Parlement de Paris, qui étoit son idole, sur tout depuis la destruction des Jesuites.

Après tout, quand ce petit Ecrit ne seroit pas assez respectueux, le Public ne verroit pas sans étonnement que toute la rigueur des Loix s'armat contre lui, tandis qu'on imprime & qu'on débite impunément sous leurs yeux, des ouvrages où la Religion & le Gouvernement sont attaqués avec une indécence cynique; à Dieu ne plaise que ces respectables Magistrats se donnent cette odieuse conformité avec l'ancien Parlement de Paris, qui n'agissoit point, ou qui agissoit si mollement contre des Ouvrages où éclatoient le Déisme & l'Athéisme; mais qui poursuivoit à outrance les Ecrits où l'on avoit osé appeller les Jesuites *des Sujets utiles*, & leur Institut *pieux*.

8.

Ils seront d'un grand secours
Pour tous nos Casuistes, (*k*)
Pour tous nos Cas, &c.

(*k*) *Pour tous nos Casuistes.* Non, l'Anonime n'est pas bon pour les Casuistes. Il propose bien un cas de conscience, mais il ne le résoud pas. Il eſt vrai que M. l'Arch. ne l'a pas réſolu non plus. Seroit-il embaraſſant ? L'Anonime demande comment un Prélat, qui comme Docteur de Sorbonne, a fait ſerment de défendre la Conception immaculée de la Vierge, peut travailler a en affoiblir la croyance, & changer l'Article qui l'énonçoit affirmativement dans les anciens Catéchiſmes de ce Diocèſe, en un article conçu de maniere, que l'ennemi le plus déclaré de la Conception immaculée y ſouſcriroit ſans peine.

9.

Cet Ecrivain paroit avoir
L'eſprit très-ſociable,
L'eſprit très-ſot, &c. (l)

(l) *L'eſprit très-ſot.* Suivant le refrain de la Chanſon, l'Anonyme a l'eſprit très-ſot : mais quelquefois les ſots ſont plus conſéquents & plus fins que les gens d'eſprit.

» Un ſot quelquefois ouvre un avis important.» Par exemple ; l'Anonyme ſe prévaut aſſez adroitement contre le Catéchiſme, d'une Oraiſon du Miſſel, où la croyance de la Conception immaculée eſt ouvertement profeſſée. Mais M. l'Archev. n'eſt pas adroit dans ſa réponſe. Il remarque bien d'abord que l'Oraiſon dont il s'agit eſt récente, & juſques là ſa réponſe n'a rien de déplacé & d'inconſéquent, quoiqu'il ſoit facile de répliquer que ſi l'Oraiſon n'eſt pas ancienne, elle exprime pourtant un ſentiment très-ancien dans le Diocèſe. Mais M. l'Archev. ajoute, que cette Oraiſon ne prouve que le ſentiment » de celui qui l'a *dreſſée*, & ne peut » donner un plus grand degré de certitude à l'o» pinion qu'il a adoptée. » Ici M. l'Archev. n'eſt pas adroit : comment n'a-t'il pas vu qu'on rétorqueroit cette raiſon contre lui-même ? qu'il détruiſoit d'une main ce qu'il avoit édifié de l'autre : qu'il ne pourroit plus tirer grand avantage des additions & des innovations ſans nombre faites dans les nouveaux Livres Eccléſiaſtiques du Diocèſe. (Livres qu'il a tant à cœur de faire adopter à M. M. les Comtes, qu'on ſait à n'en pouvoir douter, que c'eſt au fond le vrai motif du Procès qu'il leur ſuſcite, & que s'ils avoient voulu condeſcendre ſur ce point, il auroit lui-même condeſcendu ſur tous les autres.) Hélas ! combien mince eſt l'autorité de celui qui les a *dreſſés* ! & quel foible préjugé forme t'elle ! ce n'eſt pas celle de M. l'Archev., c'eſt ſeulement l'autorité d'un ancien Secretaire de M. de Soiſſons, chargé excluſivement à tout autre, de *dreſſer* les nouveaux Livres, & d'anéantir les anciens. L'exactitude nous oblige d'ajouter que dans les commencements de l'œuvre, il a eu pourtant pour adjoint le P. D. G. Chanoine Régulier, rétiré dans ce Diocèſe, à la ſuite d'un interdit prononcé par M. l'Archv. de Paris.

10.

Il réfute les Novateurs, (*m*)
C'eſt un grand Dogmatique,
C'eſt un grand dogue, &c.

(*m*) *Il réfute les Novateurs.* L'Anonyme a réfuté quelques articles du Catéchiſme, & le Chanſonnier dit qu'il a réfuté les Novateurs. On voit bien qu'il a voulu plaiſanter, ou plutôt il n'a voulu qu'amener *la comparaiſon de l'Anonyme avec un grand dogue.* Pour ſuivre un moment cette comparaiſon ſi ſpirituelle & ſi délicate, nous dirons que l'Anonyme auroit pu aboyer contre un bien plus grand nombre d'articles de ce Catéchiſme inſidieux, & qu'i en a mordu quelques uns, ſur leſquels on n'a point taché, je ne ſais pourquoi, de lui faire lâcher priſe. L'Anonyme par exemple, s'étoit plaint qu'on eut ſupprimé ce qu'enſeignoit l'ancien Catéchiſme ſur l'Aſſomption de la Sainte Vierge en corps & en ame, & on n'a point répondu à cette plainte.

L'Aſſomption de la Vierge en corps & en ame, n'eſt pas un article de foi, il eſt vrai; mais c'eſt un point confirmé par le ſentiment commun de tous les Théologiens. Benoît XIV. ne craint pas même d'aſſurer que c'eſt le ſentiment de l'Egliſe, *dicimus in hanc ſententiam Eccleſiam veniſſe ..... Eccleſiam hanc amplexam eſſe ſententiam de Aſſump. B. M. V.* no. 17°.

Et il réfute invinciblement quelques critiques hardis, qui avoient osé proposer des doutes sur cet article.

Pourquoi vouloir donc troubler les Fidèles d'un Diocèse dans la possession d'une croyance si ancienne, si autorisée & si propre à nourir leur dévotion envers la très-Sainte Vierge? Si M. l'Archev. n'avoit prétendu admettre dans son Catéchisme que des articles de foi, ce qui est très-contraire à la vérité, il auroit dû au moins imiter la maniere dont un Bossuet (qu'il affecte de regarder comme son Maître) s'explique sur ce point dans son propre Catéchisme.

» Qu'elle Fête célébrons nous?

» La mort bienheureuse, & l'Assomption de » la Sainte Vierge.

» Qu'en dit la Sainte Eglise?

» Qu'à ce jour elle fut élevée au dessus de » tous les Chœurs des Anges, & remplit tout » le Ciel de joie.

» Que dit encore la Sainte Eglise.

» Qu'elle fut dignement reçue & glorifiée » par son Fils.

» Et quoi encore?

» Nous lisons dans la Collecte de plusieurs » Eglises célébres, qu'encore qu'elle soit morte » en ce jour, la mort n'a pu l'abbattre.

» Que tiennent communément les Fidèles » & les Saints Docteurs?

» Qu'elle a été glorifiée en corps & en ame.

» Sur quoi peut-on établir cette doctrine?

» Sur ce que Jesus-Christ en ressuscitant, res-
» suscita plusieurs Saints, qu'il mena avec lui en
» triomphe dans les Cieux ; & qu'on doit croire
» qu'il n'aura pas moins fait pour la Sainte Mere.

» Et sur quoi encore ?

» Sur ce qu'en effet l'Eglise soigneuse dès les
» premiers tems, de receuillir les Reliques des
» Corps des Saints Apôtres, de Saint Etienne,
» & des autres de ce premier tems, n'a jamais
» fait mention de celles de la Sainte Vierge.

II.

Son Ouvrage est sur-tout, dit-on,
Bon pour les railleries, (*n*)
Bon pour les rats, &c.

(*n*) *Bon pour les railleries.* L'Anonyme fait pourtant une observation, qui pourroit bien être une assez bonne plaisanterie. Il avoit à prouver que quelquefois on peut innocemment se louer soi-même, & il le prouve par l'exemple de M. l'Arch. qui n'a point craint dans une Lettre adressée au Clergé & aux Fidèles de son Diocèse en 1763, de louer sa vigilance, sa fidélité, sa science. » Vous connoissez, leur dit-il, » notre fidélité & notre vigilance, pag. 36, » laissez le soin de conduire l'Eglise à ceux qui » ont la science & l'autorité. « Quelques personnes ont dit que M. l'Archev. s'étoit rendu justice à lui-même, par ce que dans le siécle où nous sommes. » La modestie est la vertu des fots « mais l'Anonyme en assigne dans la *magnanimité* du Prélat, une cause bien plus honnête & bien plus vraisemblable.

12.

De la gloire qu'il recevra,
C'est une annonce heureuse,
C'est un ânon, &c. (*o*)

(*o*) *C'est un ânon.* L'Auteur de la Chanson traite l'Anonyme *d'ânon*; plus haut, il lui avoit mis un *bât*; plus bas, il le menne *au pré*: à la fin il lui donne du *bâton*: ailleurs il le traite *de fou sans pareil*, de *très-sot*, de *menteur perpétuel*, de *grand dogue*, d'auteur qui *fait gémir*, qu'on ne peut nommer sans dire *fi*, dont les ouvrages sont *dignes du feu*, *bons pour les rats*; *bons pour les cas*, *&c. &c. &c.* Si la Chanson eut été plus longue, je crois que le Chansonnier eut épuisé le dictionnaire de harangeres.

13.

Son mérite doit le mener
A quelque prélature, (*p*)
A quelque pré, &c.

(*p*) *A quelque prélature.* Le mérite sans le manége & l'ambition ne menne à rien dans ce siécle, à moins qu'il ne soit aussi transcendant que celui de M. l'Arch. C'est sans doute le mérite seul, quoiqu'en ayent dit ceux qui prirent parti contre lui dans l'affaire des Religieuſes de Saint Marceau, qui l'a *mené* au premier Siége des Gaules. Et ſi l'on en croit ſes fidèles partiſans, il le *menera* plus loin encore; déjà ils indiquent la partie qui doit lui revenir d'une dépouille, qu'ils ne croient pas fort éloignée. Mais il eſt au moins très-ſûr que M. l'Archevêque eſt ſatisfait & ne viſe à rien. La généroſité avec laquelle il a ſacrifié les anciennes prétentions qui fermoient depuis long-tems aux Archevêques de Lyon l'entrée des Aſſemblées générales du Clergé, prouve ſon déſintereſſement autant que ſes lumiéres. S'il fait de ſi fréquens voyages à Paris, c'eſt pour les affaires de l'Egliſe; & ſi dans le moment préſent il ne réſide pas dans ſon Diocèſe, c'eſt pour obliger les Chanoines de Lyon à une plus grande réſidence.

14.

On devroit le récompenſer
Par le bâton de Chantre,
Par le bâton, &c. (q)

(q) *Par le bâton.* Il ſeroit fort aiſé, il ſeroit même naturel de répondre que c'eſt le faiſeur de Chanſons qui mérite cette récompenſe; mais ce ne ſont pas des coups de bâton, ce ſont des *coups de buches* qu'il faut à ces Meſſieurs. On peut conſulter là-deſſus le Journal des convulſions.

FIN.

SECONDE CHANSON.

Sur l'Air : *de la priſe de Mahon.*

I.

GRand faiſeurs de Libelles,
Ces traits, ces mots, ces bruits, ces querelles,
Quand donc finiront-elles ?
On ſifle vos Ecrits (1)
A Paris,
A Paris,
A Paris,
Mépris, brocards, & ris,
Voilà tout votre prix.
Un grand Prélat de France
Vous prend, vous bat, rudement vous tance, (2)
Forte eſt ſon éloquence,
Vous êtes dans ſes mains (3)
Des Pantins,
Des Pantins,
Des Pantins.

(1) *On ſifle vos écris à Paris.* On voit bien que l'Auteur de la Chanſon n'eſt en correſpondance

qu'avec les gens du parti ; il n'est pas douteux qu'ils ont siflé l'écrit de l'Anonyme. Cet écrit eut-il été plus exact, plus complet, plus vigoureux, ils l'auroient siflé encore, eux qui prononcent que Languet lui même n'est qu'*un docteur à caquet & bon pour le siflet.* Mais si la correspondance du Chansonnier avoit été plus étendue, il auroit appris que l'Instruction Pastorale a excité la plus grande rumeur dans la Capitale.

(2) *Rudement vous tance.* Depuis quand appelle-t'on tancer rudement son adversaire que de lui prêter des sentimens qu'ils ne soutient pas, pour avoir la satisfaction de l'accabler d'injures ? C'est ce que fait le Théologien de M. l'Arch. à lire une grande partie de son Mandement ; on diroit que l'Auteur du Dialogue enseigne qu'on n'est point obligé de rapporter ses actions à Dieu ; tandis qu'il nie seulement qu'on y soit toujours obligé par le motif de charité. De-là, cette foule de citations & ce nombre de Catéchisme, qui ne disent rien que tout le monde ne soutienne, si vous en exceptez l'école de Saint Bonnaventure.

Pour combattre l'Anonyme directement, il ne suffisoit point de prouver l'obligation de raporter toutes ses actions à Dieu : mais il falloit dire nettement & prouver solidement que nous sommes obligés de les lui rapporter par un motif de charité, ensorte que l'on péche toutes les fois qu'elles lui sont rapportées par un autre motif,

motif. Or c'est ce qui n'est pas prouvé dans l'Instruction Pastorale ; c'est même ce qu'on n'a osé dire, qu'après avoir fatigué le lecteur par mille répétitions. Il auroit même été naturel de l'annoncer dans le titre : mais non : il semble qu'on ait voulu laisser perpétuellement ignorer au lecteur l'état de la question ; car à la marge on lit seulement : *obligation de rapporter toutes ses actions à Dieu*, sans parler du motif.

Quand il est question de l'amour nécessaire dans le Sacrement de Pénitence, c'est encore le même étalage de vaines citations : puisqu'à peine entre tant de Catéchismes cités, en est-il deux ou trois conformes sur le point dont il s'agit à celui de M. l'Archev. & encore quels Catéchismes !

(3) *Vous êtes dans ses mains des Pantins.* L'endroit de l'Instruction Pastorale qui autorise le plus l'Auteur de la Chanson à prétendre que les adversaires de M. l'Archevêque sont *dans ses mains des Pantins*, est apparemment celui où le Prélat croit dépouiller l'Anonyme de son arme principale. En lui soutenant par l'autorité du corps de doctrine de 1720, que les Propositions sur la charité, dont il fait valoir la censure, ont été condamnées dans le sens seulement de *la charité habituelle*, & qu'on peut enseigner impunément qu'il n'y a point de milieu, même quant à l'acte, entre la charité & la cupidité. Mais les cent Evêques qui ont signé le Corps de Doctrine, en faisant tomber la con-

damnation des Propositions de Quenel sur le sens de *la charité habituelle*, n'ont point prétendu que les mêmes Propositions ou d'autres semblables n'eussent été aussi condamnées, ou ne fussent condamnables dans le sens *de la charité actuelle.* On sait ce qu'ont dit & pensé sur cet article le Cardinal de Bissy & M. de Soissons, les deux principaux Evêques qui ont souscrit le Corps de Doctrine :

Et après tout, il est évident que les cent Evêques, qui ne se proposoient d'insérer dans leur acte que des vérités incontestables, ont enseigné qu'il y auroit un milieu entre l'acte de la charité proprement dite, & l'acte de la cupidité vicieuse. » Le terme de charité, disent les » Prélats, peuvent être pris en deux sens diffé» rens. 1°. Pour tout amour de Dieu actuel ou » habituel, naissant ou dominant ; amour qui » justifie, amour qui ne suffit pas pour justi» fier..... en un mot pour tout amour du vrai » bien, pour toute bonne volonté. La charité » est prise en ce sens en divers endroits des » écrits des Saints Peres & de quelques Théo» logiens. 2°. Le terme de la charité est pris » ordinairement par Saint Thomas même, dans » une signification plus restreinte pour la troi» siéme vertu Théologale., pour l'amour ha» bituel de Dieu, pour l'amour qui est propre » aux Justes, qui nous unit à Dieu..... & » c'est ainsi que l'entendent communément les » Théologiens & les Fidèles. La foi & l'espé-

» rance renferment toujours quelque amour de » Dieu pris dans la premiere signification; mais » la Foi & l'Espérance peuvent être séparés de » la Charité prise dans la seconde signification » & agir sans elle ; & quoi qu'alors elles ne » rendent point justes ni dignes du Ciel, elles » ne demeurent pas pour cela sans quelques » fruits, elles ont des actes propres qui dispo. » sent à la Charité.

Les cent Evêques reconnoissent donc un amour bon & louable qui n'est point la Charité, vertu Théologale : ils admettent donc un milieu entre la Charité & la cupidité.

Les écrivains du parti n'ont point ignoré que c'étoit là le sentiment de ces Prélats, lorsqu'ils disent dans les notes qu'ils ont faites sur le Corps de Doctrine » (note I.) L'erreur dont on établit le principe, en supposant qu'il y ait un » amour vraiment bon, auquel même on donne » le nom de charité, mais distingué de la Charité vertu Théologale, se manifeste visible» ment par une des notions qu'on donne de cette » prétendue charité distinguée de la Théologale, » en disant dans le corps de Doctrine, *que la » charité peut se prendre pour tout amour du bien* : » Cette proposition est très-fausse, & très-per» nicieuse, pour le mauvais usage qu'en feront » les nouveaux Casuistes, & les défenseurs de » la morale corrompue « aussi avec quel emportement & quelle indécence ne parle-t'on pas dans ces notes de ce Corps de Doctrine ? » cet

» ouvrage, dit-on, note K. eſt très-peu exact ; » il n'y a ni lumiere, ni dignité, ni grandeur » dans les ſentiments. Tout y eſt bas, artificieux, » plein de mauvaiſes fineſſes & de petites ſub- » tilités, ſans juſteſſe, ſans principe, ſans bon- » ne foi, ſans doctrine, ſans honneur. « Voilà bien des injures, dites à cent Evêques, mais quiconque connoit l'humeur hautaine & chagrine de la ſecte n'en ſera pas ſurpris.

Si M. l'Arch. eut établi dans ſon Inſtruction Paſtorale un milieu entre l'acte de la Charité vertu Théologale, & l'acte de la cupidité vicieuſe, & qu'il eut dit qu'il ſoutenoit ſon ſentiment du raport des actions à Dieu par un motif de charité, dans le ſens de quelques Docteurs Flamans, & non point dans le ſens des novateurs, qui ne reconnoiſſent que deux principes de toutes nos actions, l'un bon qui eſt la charité, & l'autre mauvais qui eſt la cupidité, l'Anonyme auroit été arrêté dans le point principal de ſon attaque, il auroit été réduit à ſe plaindre ſeulement, qu'on adoptât dans un Catéchiſme, & qu'on forçât les Curés d'enſeigner une opinion, qui encore aujourd'hui n'eſt l'opinion que d'un très-petit nombre de Théologiens. Mais malheureuſement on a beau lire, on ne trouve rien dans une Inſtruction auſſi longue, qui puiſſe lui fermer la bouche, & qui ne ſe prête avec la plus grande facilité aux principes des novateurs.

2.

A ſon gré l'Anonyme
Gloſe, mutile, ajoute, ſupprime, (4)
Commode eſt ſa maxime,
Il croit être pourtant
Triomphant, (5)
Triomphant,
Triomphant.
Raillant, ou raiſonnant,
Il eſt auſſi plaiſant;
Armé de formulaires,
Il pourſuit, combat des chimeres (6)
De prétendus Sectaires
Troublent du Champion
La raiſon,
La raiſon,
La raiſon.

(4) *A ſon gré l'Anonyme ſupprime*. Oui l'Anonime a ſupprimé pluſieurs faits qui auroient fortement appuyé la plus grande partie de ce qu'il avance dans ſon Dialogue; car il faut convenir que le Catéchiſme & l'Inſtruction ſont compoſés avec un grand art, & on les pénétre beaucoup mieux, quand on eſt inſtruit de la conduite de M. l'Arch. dans ſon Diocèſe, & de la protection marquée qu'y trouvent les réfractaires.

Il auroit pu dire que des Congrégations entieres

de Curés ayant déféré à M. l'Arch. une Thèſe ſoutenue dans un des Colleges de Lyon, où on liſoit cette propoſition étonnante *Legibus novis Eccleſiaſticis obſequi non tenemur*, *niſi cùm aneptatæ fuerint à majori ſaltem & ſaniort fidelium parte.* M. l'Arch. ne leur donna aucune ſatisfaction, non ſeulement il n'improuva point la Thèſe, & n'obligea pas le Profeſſeur à la rétracter, mais encore il en fit lire dans ſon Conſeil une apologie compoſée par le grand Vicaire approbateur de la Thèſe.

Qu'on nous permette de demander en paſſant, par quel intérêt ſecret un Prélat ſi jaloux de ſon autorité, & qui l'exerce ſi impérieuſement ſur ſes Curés, a-t-il pu prendre la défenſe d'une Thèſe deſtructive de toute ſubordination, qui livre l'aurorité légiſlative à la diſcrétion des inférieurs, qui fournit à tous les rebelles, à tous les infracteurs de ſes ordonnances, & en particulier à tous ceux qui refuſent d'enſeigner ſon Catéchiſme une défenſe invincible ?

Il auroit pu dire que Madame l'Abbeſſe de Chaſeaux, ayant porté des plaintes à M. l'Archevêq. ſur un aumonier, qu'il avoit donné à ſa Communauté & qui avoit pouſſé le fanatiſme juſqu'à mettre entre les mains de quelques Religieuſes, le livre des reflexions morales, M. l'Arch. le fit ſortir, il eſt vrai, d'une maiſon qui ne pouvoit plus le ſupporter, mais pour le placer auſſi-tôt dans un bénéfice à charge d'ames.

Il auroit pu dire que l'usage de dire à haute voix le Canon de la Messe, s'introduit impunément parmi les Prêtres nouvellement formés dans son Diocèse, & cela au mépris & contre la pratique constante & universelle de tous les siécles & de toutes Eglises, & des Conciles mêmes qui ordonnent expressément de prononcer le Canon de la Messe sécrétement ou a voix basse *secreto* ou *submissa voce*. Le Prélat ne peut pas dire qu'il ignore cette infraction de la discipline générale de l'Eglise, puisque des Ecclésiastiques qui lui disent ordinairement la Messe ne la célébrent pas autrement.

Il auroit pu dire que des réfractaires ont surpris toute sa confiance, & osent à l'abri de son autorité tout dire & tout entreprendre. Et que n'auroit-il pas pu dire encore & qu'il a *supprimé* par respect & par esprit de modération sans doute ?

Mais l'Anonyme lui-même après avoir lu l'Instruction Pastorale, ne seroit-il pas en droit de remarquer que M. l'Archev. a *supprimé* tout ce qui auroit pu faire connoître son respect & sa soumission aux jugements des Souverains Pontifes ; & qu'il pousse la réserve & la discretion sur ce point jusqu'à éviter de prononcer leurs noms ?

Les deux lettres qui accompagnent le Dialogue & *qui n'étoient point du même auteur*, osoient reprocher ouvertement à M. l'Arch. d'être fauteur du Jansenisme : lui même se plaint de ce que l'Anonyme voudroit rendre sa foi suspecte ; & dans une Instruction de 137 pages, il n'y a rien qui puisse dissiper ces soupçons. C'étoit-là le cas, pour rendre sa défense complette, de faire une profession d'obéissance & de soumission. Mais il falloit la faire en des termes si clairs, & la soutenir par une conduite si décidée, que le Gasetier Ecclésiastique n'eut plus envie de dire, que *M. l'Archev. ne reçoit de la Constitution que l'encre & le papier.* Il ne pouvoit s'en dispenser sous le prétexte de quelques déclarations qu'il auroit faites dans les premiers tems de son Episcopat, parce que dans l'occasion il dit tout bas à ceux qui veulent l'entendre, qu'il ne pense plus aujourd'hui comme il pensoit autrefois.

Cette profession auroit donc été très à sa place : tout le monde en auroit été édiffié. M. l'Arch. la devoit encore au Public, pour réparer le tort qu'a fait à sa réputation le refus d'adhérer aux actes du Clergé de l'Assemblée de 1765.

(5) *Il croit être pourtant triomphant.* Il est si ordinaire dans les guerres de plume de se croire & de se dire triomphant, lorsqu'on a moins sujet de l'être, qu'il ne seroit point surprenant que l'Anonyme fut tombé dans ce défaut. M. l'Arch. lui-même ne l'évite pas toujours, après avoir cité assez peu correctement quelques termes du Corps de Doctrine, il assure avec un air de triomphe que sa doctrine est la même que

celle de cent Evêques. Mais malheureusement il ne le prouve qu'en tombant dans un grand paralogisme pour ne rien dire de plus, » dou- » tera-t-il au moins, il parle de l'Anonyme, » que la doctrine des cent Evêques, sur le rap- » port des actions à Dieu, soit la même que » la notre ? un raisonnement bien simple suffira » pour le lui prouver. Le premier précepte roule » tout entier sur la nécessité & sur l'étendue » de l'amour de Dieu. Cependant, suivant les » cent Evêques, rapporter toutes ses actions à » Dieu est la même chose qu'aimer Dieu dans » toutes ses actions, ou faire toutes ses actions » par l'amour & pour l'amour de Dieu. Suivant » les cent Evêques, l'obligation de rapporter » toutes nos actions à Dieu fait partie du pre- » mier précepte, donc suivant les cent Evêques, » nous ne pouvons manquer à cette obligation » sans pécher contre le premier précepte, & » parconséquent contre l'amour de Dieu.

Mais 1o. quand les deux conséquences que tire M. l'Arch. seroient bien déduites, seroit-il en droit d'imputer les conclusions au Clergé de France, & de les donner comme étant formellement sa doctrine ? ne voit-on pas tous les jours soutenir un principe & en désavouer les conséquences ? autrement on seroit fondé à dire que les Tournelly même, les Collet, & jusqu'à la plupart des Jésuites ont aussi enseigné qu'on est obligé de rapporter chacune de ses actions à Dieu par l'impression actuelle ou virtuelle de l'amour. Car peut-on ignorer que ces Théologiens avec la foule des autres ont prouvé par le premier précepte l'obligation de rapporter toutes nos actions à Dieu ; & ont donné cette obligation, comme en étant une suite inséparable ?

2°. Les conséquences que tire M. l'Arch. ne sont pas justes, & les Théologiens précédents s'accordent à les nier. Autre chose est, disent-ils, de rapporter ses actions à Dieu. *Ex precepto caritatis*, autre chose est de les lui rapporter, *ex motivo caritatis.* Osons citer Collet, après même que M. l'Arch. l'a appellé un Auteur *pitoyable Ex præcepto caritatis teneor credere, & sperare, aliàsque dispositiones ad caritatem necessarias habere, & Tamen non tenere hos-ce actus elicere ex motivo caritatis. Sic obligatus die Dominicâ ad sacrum præcepto religionis, teneor eodem præcepto electo surgere, nec tamen teneor ex motivo religionis surgere.*

(6) *Armé de formulaires il.... combat des chimeres.* Peut-on enseigner plus clairement que le Jansénisme est un fantôme ? Proposition condamnée par le Clergé de France en 1700 comme *fausse, téméraire, scandaleuse, injurieuse au Clergé de France, aux Souverains Pontifes, & à toute l'Eglise, schismatiques*, & favorisant des erreurs déjà *condamnées.*

N'est-ce pas dire en même tems que la signature du formulaire est une vexation & par là accuser l'Eglise d'exercer la plus odieuse tyrannie ſur ſes enfans ? point de charité dans celui qui n'aime point l'Egliſe, l'Epouſe de Jeſus-Chriſt ; & peut-on dire qu'on aime cette tendre Mere, tandis qu'on lui réſiſte, qu'on la calomnie, qu'on déchire ſes entrailles ?

Ce n'eſt point ici le lieu de juſtifier le Formulaire, également autoriſé par les deux Puiſſance, de montrer que la même autorité qui a décidé la queſtion de droit, a décidé la queſtion de fait, & que ſi on a dû croire l'Egliſe quand elle a dit que ſa Doctrine étoit dans Saint Auguſtin, on a dû auſſi la croire quand elle aſſure qu'elle n'eſt pas dans Janſénius. Contentons nous de dire à l'Auteur avec M. le Cardinal de Nouailles (*Inſtruction contre le ſilence reſpectueux.*) » Quelque lumiere que l'on ait, il eſt certain » que celles de l'Egliſe ſont toujours au-deſſus » de celle des particuliers, & qu'il n'y a que » cette ſcience qui enfle, qui puiſſe faire croire » qu'on pouvoit mieux qu'elle « ajoutons avec M. Boſſuet écrivant aux Religieuſes de Port-Royal » je ne penſe pas qu'il ſoit beaucoup né» ceſſaire de s'étendre ici ſur la validité de ce » Jugement (la Bulle d'Innocent X.) il s'eſt ren» du ſur une matiére qui appartient au Tribunal » de l'Egliſe. Il eſt rendu par le St. Siége : il » eſt rendu avec connoiſſance de cauſe, & le » Pape Alexandre VII. à déclaré à toute l'Egliſe » l'examen exact qu'a fait ſon prédéceſſeur, non » ſeulement du droit, mais du fait : enfin il a » reçu ſa derniere forme par l'acceptation una-

» nime de tous ceux qui ont caractère & autorité
» de Juges dans l'Eglise, c'est-à-dire, de tous les
» Evêques. C'est ce consentement unanime qui
» doit mettre en repos votre conscience.

Mais pourquoi notre Chansonnier a-t'il été assez téméraire pour parler aussi indignement du formulaire, dans un Diocèse, où autrefois on ne savoit ce que c'étoit que d'en refuser la souscription. Il faut avouer qu'il a été un peu enhardi par la conduite de M. l'Archev. On assure que lorsqu'il donne lui-même les Ordres, il ne daigne pas seulement s'informer si les Ordinans ont signé le Formulaire, & qu'il a fait des Ordinations où à peine la moitié des sujets avoient signé. Mais voici un fait constant, & d'où l'on peut tirer les plus graves conséquences.

Il y a quelques années que M. l'Archev. étant retenu à Paris pour ses affaires, cinq à six sujets qui l'attendoient avec grande impatience d'une Ordination à l'autre, ne reçurent point les Ordres, parce qu'ils refuserent la signature du Formulaire, signature que M. l'Evêque d'Egée, Suffragant de Lyon, exige rigoureusement de tous ceux à qui il impose les mains : M. l'Arch. à son retour fit, contre l'usage du Diocèse, une Ordination dans le mois de Septembre en faveur de ces Sujets d'yseôles. Non seulement ils ne furent point obligés à la signature, mais encore ils furent dispensés d'examen, & traités avec des égards extraordinaires ; un de ces sujets, nommé Ville, fut en même tems désigné pour enſeigner la Théologie dans un des Séminaires de Lyon, où il l'enſeigne encore. Voilà un fait notoire & qui a fait le plus grand bruit dans ce Diocèſe.

» *Lippis notum ac tonſoribus* «

Et c'eſt un fait qui ſemble prouver avec la plus grande évidence que M. l'Arch. ne croit pas que la déſobéiſſance aux Conſtitutions Apoſtoliques ſur le Jaſeniſme ſoit une cauſe excluſive des Ordres, & qu'il croit au contraire pouvoir louer & récompenſer cette déſobéiſſance, contre la diſpoſition expreſſe des Ordonnances du Royaume.

Dans une autre Ordination, un Ordinant allant au Sécrétariat ſelon l'uſage pour ſigner le Formulaire avec un autre qui alloit ſeulement pour ſe faire inſcrire. Ce dernier dit au premier, *malheureux tu vas ſigner ta condamnation.* Le fait fut rapporté à M. l'Arch. à qui cette délation déplut fort. Il parut d'abord ne vouloir ordonner ni l'un ni l'autre de ces Eccléſiaſtiques, mais il finit par les ordonner tous les deux, quoique l'un n'eut pas ſigné le Formulaire, & eut tenu un propos auſſi ſcandaleux.

On peut encore apprendre de tous les jeunes gens qui ont été élevés dans les Séminaires de l'Oratoire & de Saint Charles que pluſieurs Directeurs, placés dans ces Maiſons de la main de M. l'Arch., non contents d'invectiver ſans ceſſe en leur préſence contre le formulaire, alloient encore aux approches des Ordinations de Chambre en Chambre les détourner de cette ſignature, rigoureuſement exigée, ainſi que nous l'avons dit, par l'Evêque Suffragant, qui donne les Ordres pendant les longues abſences de M. l'Arch. Il eſt vrai que ce Prélat, inſtruit de ces éclats qui retentiſſoient juſqu'aux extrémités du Diocèſe, & prêt à partir pour l'Aſſemblée générale du Clergé, fit dire à ces brouillons d'être plus circonſpects, & de ne point détourner ſes Diocèſains de la ſignature du Formulaire. C'eſt fort bien ſans doute. Mais pourquoi les mêmes Directeurs & Profeſſeurs, perſévérans au ſçu de tout le monde dans leur façon de penſer, ſont-ils reſtés en place, & continuent-ils d'être prépoſés aux études ? un ſeul a quitté quelques mois après. Mais pourquoi ce furieux qui refuſoit l'abſolution à tous ceux qui avoient ſigné le Formulaire, a-t'il été pourvu par M. l'Arch. d'une Cure, ſans qu'on ait exigé de lui la même ſignature ? pourquoi a-t'il été donné depuis cette époque pour Mentor au neveu de M. l'Arch. dans le cours des viſites du Diocèſe ?

Le Sr. B..... Sécrétaire du Cabinet du Prélat ne ſeroit-il pas bien embarraſſé de répondre, ſi on lui demandoit s'il a ſigné le Formulaire à chacun des trois Ordres qu'il a reçu des mains même de M. de Montazet, & s'il a ſeulement fait les retraites préalables avant la réception des Sts. Ordres. On pourroit aſſurer que non, ſans craindre d'être démenti.

3.

Ce Héros Molinifte, (7)
Ce fou, ce fou, ce fougeux Bullifte
Ne voit que Janféniste; (8)
Il fent même Calvin
Dans Malvin,
Dans Malvin,
Dans Malvin;
De l'Auteur clandeftin
C'eft l'éternel refrein; (9)
Séduit par fa marote,
Et chantant toujours fur même note,
Ce nouveau Dom-Guichotte
Livre des Combats vains
Aux Moulins,
Aux Moulins,
Aux Moulins.

(7) *Ce Héros Molinifte.* C'eft la manie & la calomnie ordinaire du parti d'appeller *Moliniftes* tous ceux qui font foumis à la Conftitution *Unigenitus* : mais alors Molina régneroit donc feul dans les Ecoles ? il n'y auroit donc plus d'Ecoles de Saint Auguftin & de Saint Thomas ? puifque toutes les Facultés de Théologie, toutes les Univerfités du monde font hautement profeffion d'être foumifes à cette Conftitution, auffi bien qu'à tous les autres Décrets folemnels rendus

par le St. Siége dans l'affaire du Janſéniſme.

(8) *Il ne voit que Janſéniſte.* L'Anonyme ne voit le Janſeniſme que dans ceux qui ſoutiennent les cinq Propoſitions dans le ſens où elles ont été condamnées. Mais il voit un aveuglement étrange dans ceux qui prétendent que l'Egliſe n'a pas bien entendu le Livre de *Janſenius*, & s'eſt trompée quand elle a déclaré que le ſens naturel des cinq Propoſitions étoit le même que le ſens de ce fameux Livre.

On reprochoit aux Jéſuites de voir le Janſéniſme par-tout, mais il eſt au moins auſſi conſtant que les Janſéniſtes à leur tour voient partout le Jéſuitiſme. » La paſſion va ſi loin, diſoit un Evê» admirable, que ſa douceur, ſa piété, ſon » amour pour la réſidence, ſon déſintéreſſement, » ſon humilité, &c. ont rendu ſi cher à toute » l'Egliſe, que la haine des Jéſuites devient une » raiſon déciſive pour aimer le Janſéniſme, » malgré l'Egliſe qui le foudroye. Si les Jéſui» tes devenoient Janſéniſtes, leur perverſion » convertiroit bien un grand nombre de leurs » ennemis. On ne veut voir que les ſeuls Jéſui» tes dans tout ce qui s'eſt fait ſans eux. Ecou» tez le parti. Les Jéſuites ont fait les Cenſures » des Facultés de Théologie, dont il ſont exclus. » Ils ont préſidé aux Aſſemblées pour régler les » délibérations de l'Egliſe de France. Ils ont » conduit la plume de tous les Evêques dans » leurs Mandements. Ils ont donné des leçons » à tous les Papes pour compoſer leurs Brefs.

» Ils ont dicté les Constitutions du St. Siége.
» L'Eglise entiére devenue imbécille malgré les
» promesses de son Epoux, n'est plus que l'or-
» gane de cette Compagnie Pélagienne. Il ne
» faut plus écouter l'Eglise parce qu'elle est con-
» duite par les Jésuites, au lieu de l'être par le
» Saint-Esprit. N'est-ce pas ainsi que les Protes-
» tants ont recusé le Concile de Trente, comme
» un Tribunal suborné par les cabales de leurs en-
» nemis? Les Jésuites doivent servir l'Eglise &
» lui obéir, loin de la gouverner. Quand l'E-
» glise entiére décide, qu'y a-t-il de plus schis-
» matique & de plus insensé, que d'oser éluder
» sa décision, en l'imputant à cette Compagnie
» de simples Religieux? «

M. l'Archevêque lui-même ne s'est pas assez défendu de ce préjugé qui fait voir les Jésuites partout; car on voit bien que c'est à ces infortunés qu'il en veut principalement dans la derniere partie de son Ouvrage. N'est-ce pas assez de laisser sans pouvoir & sans emplois de si excellens Ouvriers? faut-il les dénigrer, les calomnier encore, & poursuivre jusqu'à leur ombre?

(9) *Il sent Calvin dans Malvin, de l'Auteur clandestin c'est l'éternel refrein.* Nous ne nous sommes point apperçu que le principal refrein du Dialogue soit *Calvin dans Malvin* : on ne s'y est point permis une comparaison si odieuse. C'est à l'Auteur de la Chanson qu'il a plu de faire rimer *Calvin* avec *Malvin* : & il faut avouer que la rime est trés-riche.

Si l'Anonyme avoit écrit après l'Inſtruction Paſtorale de M. l'Archev. & qu'il eut raiſonné comme le Peuple, il auroit pu voir *Calvin* dans *Malvin*. Car le Peuple a été fort ſurpris de voir dans la formule du Salut que M. l'Arch. lui adreſſe, ces mots intitulés en caractéres italiques, *notre unique Maître ; Salut & Bénédiction en J. C. notre Sauveur & notre unique Maître*. Il en a beaucoup raiſonné ; hé quoi, diſoit-il, notre Prélat ne reconnoît-il donc plus de Maîtres ſur la terre ? ne reconnoît-il plus ni Roi, ni Pape, &c. ? (ce ſeroit là effectivement du vrai Calviniſme) Cette conſéquence étoit ſans doute fort mal tirée & évidemment démentie dans le corps de l'Ouvrage : mais il auroit encore mieux valu n'y point donner lieu, en ſaluant ſuivant la formule ordinaire le Clergé & le Peuple du Diocèſe.

4.

Notre Cenſeur frivole,
Dans la Bulle voit ſon Symbole, (10)
Il en fait ſon idole, (11)
Et l'enſence au dépens
Du bon ſens,
Du bon ſens,
Du bon ſens.
Docteurs du bon vieux tems,
Gardez vos ſentimens ;
De tout vrai Catholique,

LaBulle est le seul Code authentique,(12)
Voilà du fier critique
Tout l'Arsenal vraiment,
Foudroyant,
Foudroyant,
Foudroyant.

(10) *Dans la Bulle voit son Symbole.* Non l'Auteur du Dialogue ne voit point dans la Bulle son Symbole : mais il n'a jamais pu comprendre comment des Chrétiens, qui affectent la dénomination de Catholiques ont pu dire que la Bulle détruisoit le premier article du Symbole, & il comprend encore moins qu'ils ayent pu avancer, qu'il falloit renoncer *au bon sens* pour se soumettre à un décret si constamment & si authentiquement reçu dans toute l'Eglise. Mais l'Auteur marche ici sur les traces de ses Maîtres. que n'ont-ils pas dit ? Selon eux. » Par la Constitution la Religion est attaquée dans ses Dogmes, la Hiérarchie dans ses droits, la Morale de J. C. » dans ce qui en est la base & l'esprit ; les règles de la Pénitence sont renversées, l'ancienne & la nouvelle Alliance confondues » dans le point capital où elles sont distinguées, » la Toute-puissance de Dieu soumise au libre » arbitre.... Cet affreux Décret renverse la Religion toute entiére..... C'est le signal d'une » affreuse conjuration contre la Foi qui va s'éteindre..... C'est *la ruine du Symbole.....* C'est

» l'abolition des Divines Ecritures ; l'abomina-
» tion de la désolation dans le lieu Saint, le
» renouvellement de la Passion du Sauveur qui
» est de nouveau condamné & excommunié
» dans sa vérité, comme il l'a été dans sa Per-
» sonne par la Sentence de Caïphe..... C'est
» un véritable Décret d'apostasie, c'est une apos-
» tasie complette & si manifeste, qu'on cesse
» d'être Chrétien, lorsqu'on est assez malheu-
» reux pour s'y soumettre.

On en croit à peine ses propres yeux, quand on lit de telles extravagances & de tels blasphêmes. Mais la maniere outrageante dont l'Auteur de la Chanson parle encore de la Bulle, dans le dessein de justifier M. l'Arch. rend tous ces premiers traits croyables.

(11) *Il en fait son Idole.* L'Auteur du Dialogue ne montre point d'autre sentiment sur la Constitution *Unigenitus* que celui du Clergé de France ; & si la Bulle est son *Idole*, elle est pareillement l'Idole du Clergé. Voici comment s'en expliquent les Prélats de France dans les Actes de l'Assemblée de 1765, auxquels il est pourtant vrai que M. l'Arch. a refusé d'adhérer : » L'en-
» seignement constant des premiers Pasteurs
» étant le moyen le plus efficace pour assurer
» le triomphe de la vérité ; & cet enseignement
» n'ayant jamais plus de poids & d'autorité que
» lorsque les Evêques unissent leur voix à celle
» du Vicaire de J. C. du successeur de Saint
» Pierre le Chef de l'Eglise universelle ; nous

» Archvêques & Evêques.... voyant que mal-
» gré le concours des deux Puissances, qui a
» fait de la Constitution *Unigenitus* une loi de
» l'Eglise & de l'Etat, elle éprouve encore
» des contradictions, que les ennemis de la vé-
» rité font tous leurs efforts pour se soustraire
» à l'obéissance qui lui est due, & que la cause
» étant finie, l'erreur n'a pas encore pris fin;
» nous avons jugé nécessaire de renfermer dans
» une déclaration abregée, notre Doctrine sur
» ladite Constitution, & de joindre à cette dé-
» claration la Lettre Encyclique de Benoît XIV..
» demandée par l'Assemblée de 1755, acceptée
» formellement par l'Assemblée de 1760, con-
» firmée par le Souverain Pontife qui remplit
» si dignement le Siége Apostolique, réunissant
» tous les caractéres qui doivent déterminer la
» soumission & l'obéissance..... c'est par ces
» raisons, qu'en reconnoissant, comme nous
» l'avons toujours reconnu, que *la Constitution*
» *Unigenitus est un jugement dogmatique de l'E-*
» *glise Universelle*, ou, *ce qui revient au même*,
» *un jugement irréformable de cette même Eglise*,
» *en matiére de Doctrine*, & qu'elle exige une
» soumission sincére de cœur & d'esprit, nous
» déclarons avec le Souverain Pontife Benoît
» XIV. que les réfractaires à ce décret sont
« indignes de participer aux Sacrements, &
» qu'on doit les leur refuser, même publique-
» ment, comme aux autres pécheurs publics,
» si leur révolte est notoire, soit par le droit,

» ſoit par le fait, ſuivant les régles preſcrites
» par la Lettre Encyclique de ce Souverain
» Pontife.

(12) *De tout vrai Catholique la Bulle eſt le ſeul Code authentique.* Le Parti a auſſi ſon Code, c'eſt l'expoſition de la Doctrine Chrétienne par Méſenguy qu'il préconiſe ſans ceſſe, mais il eſt facheux que ce Code ne ſoit pas autentique, & que ce Livre plein de principes injurieux à l'autorité de l'Egliſe, & de maximes déſeſpérantes, ce livre où l'on a oſé, au moins dans les premieres éditions, donner comme une des plus fortes preuves de la vérité du Chriſtianiſme les miracles du Diacre Paris, ait été d'abord condamné à Rome ſous le Pontificat de Benoît XIV. & enſuite par le Pape Clément XIII, *comme contenant des propoſitions reſpectivement fauſſes, captieuſes, malſonnantes, ſcandaleuſes, dangéreuſes, ſuſpectes, téméraires, contraires aux Décrets Apoſtoliques & à la pratique de l'Egliſe, & conformes à des propoſitions déjà condamnées & proſcrites.* Si c'étoit l'ouvrage d'un Jéſuite qui eut été condamné à Rome, tout le Parti auroit aplaudi à la condamnation : mais parce que c'eſt un livre qui favoriſe les Appellans, le parti a mépriſé la Cenſure, & s'eſt déclaré contre elle avec la plus grande violence.

La doctrine plus que ſuſpecte de ce livre, a autoriſé l'auteur du Dialogue à dire que depuis qu'on en conſeilloit la lecture à l'Archevêché, il *ſe défioit de ce qui ſortoit de cette Cour.*

M. l'Arch. n'a point nié le fait dans ſon Mandement, il ſemble plutôt qu'il le confirme : car ſon Mandement étant rélatif au Dialogue, comme il ſe plaint amérement dans le Mandement au ſujet de certains livres arrachés des mains des Fidèles, on eſt fondé à croire qu'il a principalement en vue l'expoſition de Méſenguy. Voicy ſes paroles : » de là des ouvrages revê» tus du ſceau de l'autorité publique, pleins » de l'onction du Saint-Eſprit, & qui pourroient » être une ſource de lumiere & de ſalut pour » les Fidèles, arrachés de leurs mains comme » des Livres empoiſonnés & contagieux «

Oui Meſengui *eſt une ſource de lumiere*, il poſe tous les principes néceſſaires pour rejetter la Bulle & même le Concile de Trente, & s'il falloit toutes les conditions qu'il demande pour connoître quand une déciſion doit être cenſée une déciſion de l'Egliſe, il ſeroit impoſſible de jamais confondre l'erreur. Veut-on ſavoir au reſte ce qu'il faut penſer de cet Auteur ſi cher au parti, on peut conſulter les *trois ſiècles de notre Littérature.*

M. De Montazet veut ſans doute auſſi parler parmi les livres arrachés des mains des Fidèles de ſon Diocèſe, du témoignage de la vérité condamné par un de ſes prédeceſſeurs, le Pape & une Aſſemblée du Clergé de France ; de l'année Chrétienne par le Tourneux, condamnée auſſi par pluſieurs Evêques & entre autres en 1727 par celui de Carcaſſonne, auparavant Doyen des

Comtes de Lyon ; de Besogne, le partisan décidé de Nicole & de l'Abbé Duguet &c. car les protégés de M. de Montazet conseillent encore la lecture de tous ces Livres, les répandent dans son Diocèse, où on ne les connoît que depuis que ce Prélat est Archev. de Lyon, que penser des sentimens des distributeurs de tels livres, & du Prélat qui en a une parfaite connoissance.

5.

Sous les Drapeaux des Peres,
Malvin toujours bat ses adversaires (13)
Pour vous, Troupes légeres,
Vos Héros sont Languet (14)
Et Collet,
Et Collet,
Et Collet.
Ces Docteurs à caquet,
Sont bons pour le sifflet ;
Voulez vous donc me croire,
Et toujours remporter la victoire, (15)
Suivez pour votre gloire,
De nos jours le Bossuet (16)
Montazet,
Montazet,
Montazet.

(13) *Sous les Drapeaux des Peres, Malvin toujours*

jours bat ses adversaires. M. l'Arch. ne combat pas toujours sous les Drapeaux des Peres ; il combat aussi sous les Drapeaux des Appelans. On a été fort surpris que dans son Instruction Pastorale, il tache de justifier sa Doctrine par l'autorité de M. de Caylus & de dix autres Evêques très connus par leur adhésion à l'appel, ou par leur dévouement au Parti. Nous laissons au lecteur intelligent à tirer les conséquences.

Au reste, ce n'est pas assez de citer l'Ecriture & les Peres, pour battre ses adversaires ; ces deux régles de foi sont mortes : chacun les tire de sont côté, & les accommode à son sentiment. Il faut donc, en les citant, écouter & suivre toujours l'Eglise, qui en est l'interprête fidèle.

(14) *Vos Héros sont Languet & Collet.* Le Parti est en possession d'invectiver sans cesse contre M. Languet ; rien ne peut être plus glorieux à ce grand Archevêque. Il fait à peu près le même honneur à M. Collet, Auteur, effectivement très-estimable par le zèle qu'il a montré dans tous les tems contre les Novateurs, & par la multitude des bon ouvrages, dont il a enrichi l'Eglise. Il y a quelques années que dans un Séminaire de Lyon, on lacha contre lui un certain Darles qui entreprit de réfuter dans une dissertation particuliére, sa doctrine sur le rapport de nos actions à Dieu, il l'accabla des injures les plus grossiéres, & il ne parut s'adoucir vers la fin, que pour insulter cruellement tout le

Clergé de France. » Collet, dit-il, est pourtant » en quelque façon excusable, parce qu'il a » écrit dans un tems où personne ne pouvoit » plaire en France qu'autant qu'il étoit en plu- » sieurs chefs le déserteur de la sincérité & de » la vérité ; *sed perspectum habeo Petrum Collet* » *iis scripsisse temporibus in quibus in Galliis nemo* » *arridebat, nisi qui in pluribus & veritatis &* » *sinceritatis desertor extabat.*

Cette dissertation qui causoit le plus grand scandale, & les assertions, pernicieuses en tout genre qu'elle renfermoit, furent déférées à M. l'Arch. par le Supérieur du Séminaire : mais le Supérieur fut réprimandé ; la dissertation demeura entre les mains des Ecoliers, où on la voit encore : le Professeur continua d'enseigner l'année suivante, & ne quitta sa place que pour déservir une Cure, dont M. l'Arch. l'a pourvu en récompense de ses services.

(15) *Voulez vous...... toujours remporter la victoire, &c.* La victoire suppose les combats, & les combats auxquels nous invite l'Auteur de la Chanson, sont sans doute les combats dans la querelle du Jansenisme, comme si cette malheureuse querelle n'avoit pas duré assez long-tems, comme si on devoit prononcer aujourd'hui le nom de Jansenisme, autrement que pour nommer une Secte avilie, obscure, & qui est dans les convulsions de l'agonie.

M. l'Archevêque lui-même nous exhorte pathétiquement à tourner nos armes contre l'incrédulité » attaquons désormais l'incrédulité ; » dit-il, qui sera bientôt réduite à sa honte & » à sa foiblesse, dès qu'elle n'empruntera plus » sa force de nos divisions domestiques. « S'il faut le dire en passant, nous avons peine à croire que nos divisions domestiques ayent été la source de l'incrédulité. Nous savons que les Jansénistes l'ont dit & le répétent encore. Nous savons que le Gasetier Ecclésiastique s'élevant *contre l'Esprit des Loix*, avança que *c'étoit une de ces productions irréguliéres..... qui se sont multipliées depuis l'arrivée de la Bulle Unigenitus.* Mais nous savons aussi que cette imputation le couvrit de ridicule » faire arriver l'Esprit des » Loix, disoit l'Auteur de cet ouvrage, à cause » de l'arrivée de la Constitution *Unigenitus*, » n'est-ce pas vouloir faire rire ? La Bulle *Unigenitus* n'est point cause occasionnelle du Li» vre de l'Esprit des Loix : mais la Bulle *Uni» genitus*, & le Livre de l'Esprit des Loix ont » été les causes occasionnelles qui ont fait faire » au critique un raisonnement si puérile. «

Quoiqu'il en soit de la source où l'incrédulité puise sa force, M. l'Arch. a raison d'inviter le Clergé & les Fidèles de son Diocèse à réunir contre ce monstre toutes leurs forces, mais à qui faut-il imputer la division dont on se plaint ? Pourquoi ce Diocèse jusqu'ici inaccessible aux Novateurs, qui jouissoit avant le Gouvernement présent d'une paix profonde, & qui en avoit constamment joui au moment même où les autres Diocèses étoient le plus agités ; pourquoi, dis-je, ce Diocèse est-il aujourd'hui troublé d'une extrêmité à l'autre? Pourquoi est-il devenu tout récemment le théâtre des Prophéties, des Miracles, des Convulsions ; en un mot des extravagances & des impostures qui ont rendu le Cimetiére de Saint Médard si célébre? Pourquoi une Secte frappée de tant d'anathêmes & proscrite par tout y trouve-t'elle un asyle & ose-t'elle y lever la tête avec autant d'impudence que d'impunité?

M. l'Arch. nous exhorte à réunir nos forces contre l'incrédulité : mais pourquoi a-t'il pris la peine de composer à grands frais une grosse Instruction Pastorale, contre un Anonyme qui avoit critiqué quelques articles de son Cathéchisme, tandis qu'il ne s'est pas encore élevé contre tant de livres impies dont son Diocèse est encore plus infecté que tout autre?

M. l'Arch. nous exhorte à la paix & à la charité : mais peut-on la violer plus ouvertement qu'il paroît l'avoir fait dans son Instruction Pastorale? on n'y a pas fait assez d'attention, mais le dispositif en est effrayant : M. l'Arch. condamne le Dialogue » comme contenant un grand nombre de Propositions respec-» tivement téméraires, fausses, erronnées, scan-» daleuses, pernicieuses, calomnieuses, impies, » blasphématoires, injurieuses au St. Siége, » directement contraires à la Parole de Dieu ; » tendantes à détruire la nécessité de l'amour de

» Dieu dans le Sacrement de Pénitence, à re-
» ſerrer dans des bornes étroites l'étendue ſans
» bornes du grand précepte de la Charité, à
» annéantir les caractéres propres & diſtinctifs
» des deux alliances, à combattre la gratuité,
» l'efficacité & la néceſſité de la grace de J. C.
» à nourrir l'orgueil & la préſomption de l'hom-
» me en l'autoriſant à ſe glorifier en lui-même
» du bien qu'il fait &c. « & la plus part de ces qualifications tombent ſur des articles de Doctrine très-communs & très-autoriſés dans les Ecoles, pour ne rien dire de plus.

Que l'Anonyme ſe ſoit mépris dans quelque allégation; qu'il donne pour décidé ce qui peut être ne l'eſt pas, que dans la penſée que les actions peuvent ſervir à lever les équivoques des paroles, & que frappé de ce qu'il voit dans ce Diocèſe, il ait trop ſiniſtrement interprêté quelques réponſes du nouveau Catéchiſme? On ne feroit point ſurpris qu'à cet égard M. l'Archev. eut pu voir & condamner quelques Propoſitions du Dialogue, comme fauſſes, téméraires, calomnieuſes. Que l'Anonyme, en ſoutenant que nous pouvons nous glorifier dans un ſens de nos bonnes œuvres, ait oublié d'ajouter ce mot dans *le Seigneur*, mot que tout le reſte de ſon texte ſupplée pourtant aſſez; & que M. l'Arch. ait pris de-là occaſion d'invectiver contre lui & de condamner ſon Dialogue comme renfermant des Propoſitions erronnées? on n'en feroit point non plus surpris & on le pardonneroit au ressentiment de M. l'Archevêque

Mais ces notes *tendantes à détruire la nécessité de l'amour de Dieu dans le Sacrement de Pénitence, à resserrer dans des bornes étroites l'étendue sans bornes du grand précepte de la Charité*, ne peuvent évidemment tomber que sur la partie du Dialogue, où il s'agit du rapport de nos actions à Dieu & de l'amour nécessaire dans le Sacrement de Pénitence : or quel est sur ces deux points la Doctrine de l'Anonyme ?

Sur le premier il soutient uniquement que nous ne sommes pas obligés de rapporter toutes nos actions à Dieu par le motif *de la Charité proprement dite* ; & il le prouve sur-tout parce que les œuvres des infidèles ne sont pas toutes des péchés. En un mot il adopte en toute cette matiere la Doctrine de Tournely & de Collet, deux Auteurs très-accrédités dans les Ecoles.

Sur le second, il prétend que l'amour de la Charité proprement dite, n'est point une disposition nécessaire pour le Sacrement de Pénitence, que la contrition formée par l'amour d'espérance est suffisante, & que le sentiment de ceux qui ont cru que la crainte surnaturelle suffisoit n'a point encore été condamné.

Et se sont ces deux points, dont le dernier fait partie de l'enseignement de plusieurs Eglises au dedans, & au dehors du Royaume, & le premier est si commun & si autorisé, que l'opinion contraire est encore aujourd'hui une opinion singuliére : ce sont disons-nous, ces deux points que M. l'Arch. ose censurer & condamner par un jugement doctrinal, qu'on a répandu dans tout le Royaume avec la plus grande affectation. Voilà où aboutit cette maxime triviale, qu'il développe avec tant d'emphase *in necessariis unitas, in dubiis libertas, in omnibus caritas.* Après cela on parle de paix, on jurite à la concorde, on déplore *les actes de schisme*, on dit, qu'*on ne veut point dominer sur la foi de ses freres*, qu'*on ne veut pas prévenir les Jugements du St. Siége*, & c'est sous ce dernier prétexte qu'on a supprimé l'article de l'ancien Catéchisme qui énonçoit assertivement la Conception immaculée de la Sainte Vierge.

Au reste nous n'avons prétendu dans l'obserservation précédente, que mettre les lecteurs sur les voies, & nous invitons tous ceux qui ont entre les mains l'Instruction Pastorale, surtout s'ils peuvent y joindre le Dialogue condamné, de mettre d'un côté les articles de Doctrine qu'on reproche à l'Anonyme & qu'on réfute, & de l'autre les qualifications qu'on accumule respectivement sur ces mêmes articles: & nous osons prédire qu'ils seront dans le plus grand étonnement, en voyant jusques à quel point on a surpris la Religion de M. l'Archev. Mais aussi pourquoi ne pas craindre d'avoir pour Commensaux & prendre pour conseil unique des hommes notoirement rebelles à l'Eglise ?

(16) *De nos jours le Bossuet Montazet.* Si cela

est, tout a bien dégénéré. Avec de l'esprit, de la politesse, une grande flexibilité à se plier aux circonstances ; de la facilité pour parler, un fonds de connoissances suffisant à un Evêque.... On est encore bien éloigné d'atteindre au Bossuet du dernier siécle. Oh ! que de différences capitales en l'un & l'autre ne peut-on pas assigner ? Les Gasettes du tems ne nommérent jamais l'Auteur des Lettres publiées sous le nom de l'Evêque de Meaux : il n'eut jamais de dispute avec son écrivain pour les honoraires ; ses avertissements n'ont jamais figuré avec éloge au milieu des Chansons du Mercure..... Mais n'insistons pas davantage sur une comparaison, que le jugement de M. l'Archevêque repousse autant que sa modestie.

FIN.

www.ingramcontent.com/pod-product-compliance
Ingram Content Group UK Ltd.
Pitfield, Milton Keynes, MK11 3LW, UK
UKHW020431230726
13925UKWH00004B/1693

9 782014 051421